Gabriele Friedl

SIEBEN KRISTALLE SALZ

Viennese Mystery

Erzählung

Impressum

Umschlaggestaltung: Buchschmiede

Lektorat / Korrektorat: Gabriele Friedl

Druck und Vertrieb im Auftrag von Gabriele Friedl

Buchschmiede von Dataform Media GmbH, Wien

www.buchschmiede.at

ISBN

978-3-99139-198-2 (Paperback)

978-3-99139-197-5 (E-Book)

PRINTED IN AUSTRIA

EINS

Punkt neun, perfekt.

Vor der nächsten Seitengasse stellte Ludwig das Motorrad ab. Sein Sohn wartete bereits am Gartentor. Die Finger von

Daniels linker Hand strichen rasch über die weiße Hasenpfote, deren Spitze aus seiner Hosentasche lugte. Ludwig fühlte den vertrauten Druck in der Brust, als brauchte sein Herz mehr Platz um seine Arbeit zu verrichten. Der Junge, sein Junge, kam ihm so zart, so klein, beinahe schmächtig vor. Er würde es schwer haben in dieser nach Optimierung

strebenden Ellenbogenwelt. Er würde ….

Stopp. Hör auf.

Der Anblick der blau-silbernen BMW verfehlte auch diesmal nicht seine Wirkung. Daniel strahlte und

Ludwig lächelte, während er in die Hocke ging und seinen Sohn begrüßte. „Hallo Großer." Daniel stopfte den Talisman tief in die

Tasche und umarmte Ludwig. „Ich habe etwas für dich", sagte Ludwig und überreichte Daniel feierlich einen für ihn passenden Sturzhelm. „Für mich? Super Papi, danke!“ Aus den Augenwinkeln nahm er eine Bewegung hinter der Fensterscheibe im Erdgeschoß wahr. Susanne. Sie runzelte die Stirn. Lässiger als er sich fühlte winkte er der Mutter seines Sohnes zu und half danach Daniel beim Justieren des Helms. „Ist das erlaubt? Ich bin noch nicht achtzehn.“ „Ab zwölf Jahren, so steht es in der Straßenverkehrsordnung“, erklärte Ludwig und klopfte mit den Fingerknöcheln auf den Kopfschutz.

„Wohin geht es“, fragte Daniel. Als ob sie beide das nicht wüssten. Doch Daniel brauchte die Bestätigung.

„Ans Wasser, Großer“, gab er zur Antwort.

Daniel kletterte auf den Sozius. Sie brausten los.

Es war das erste Mal, dass Ludwig Daniel mitnahm, dementsprechend fest umfassten die Kinderarme Ludwigs Oberkörper. Ihm fielen die heißen Handflächen seines Sohnes auf. Der Junge würde doch nicht etwa eine Sommergrippe ausbrüten? Ludwig wischte den Gedanken aus seinem Kopf. Der Tag ließ sich viel zu schön an, um düstere Ahnungen zu hegen. Er steigerte die Geschwindigkeit und endlich blies der Fahrtwind Susannes verkniffenen Mund samt ihren zusammengezogenen Augenbrauen aus seinem Kopf. Dieser Tag gehörte ausschließlich ihnen. Punkt.

Niemand würde dazwischenfunken und an dem zerbrechlichen Vater-Sohn-Gefüge rütteln.
Vor der Reichsbrücke bogen sie ab.

Mit Kurt Novak gemeinsam hatte Ludwig die Ausbildung absolviert. Heute leitete Kurt die Abteilung Wasserpolizei und man unterstützte und half einander. Sein Spezi war es auch, der die heutige Fahrt mit dem Polizeiboot ermöglicht hatte.
Daniel verschlug es die Sprache. Bald flitzte das Boot über die spiegelglatte, im Sonnenlicht grell glitzernde Wasseroberfläche der Donau. Daniel registrierte jede Bewegung der Männer, überhaupt jedes noch so kleine Detail.
Ja! Das war sein Sohn!

Zurück an Land, sprudelte es aus ihm heraus: „Ich will das auch einmal können, Papi, glaubst du, ich kann es lernen?"
„Klar doch! Wenn du magst, kannst du heute schauen, wie dir das Segeln gefällt. Nicht weit von hier gibt einen Schnupperkurs. Dort gegenüber, an der Alten Donau. Möchtest du? Wir können hinfahren." Die Idee hierzu verdankte er Johann, seinem alten Schulfreund, mit

dem er seit einiger Zeit in Kontakt stand. Dieser hatte den Beruf des Psychologen ergriffen und meinte, gemeinsame Unternehmungen würden die Beziehung zu seinem Sohn vertiefen. Nach der Trennung. Nicht dass Ludwig das nicht ebenfalls gewusst hätte, aber bitte. Johann war der Fachmann.

Ludwig selbst hatte mit acht Jahren für alle möglichen Arten von Wasserfahrzeugen Feuer gefangen. Die Beschäftigung mit Schiffen und dem ganzen Drumherum wie Navigieren oder dem Bestimmen von Wassertiefe und Windstärke vermittelten ihm bis heute ein Gefühl von Freiheit und Geborgenheit, eine Art Rückzugsort. Einen Ort, den er gelegentlich dringend brauchte. Sein Herz legte einen Extraschlag ein und hinter seinen Augen verspürte er ein Brennen. Verdammt. Rührseligkeit war das letzte, was er jetzt gebrauchen konnte. Er drückte die Schultern nach hinten und holte tief Luft. Schon besser. Ludwig hoffte, Daniel für seine Segelleidenschaft begeistern zu können und so wie es aussah, standen die Chancen dafür gar nicht so schlecht. Doch bis es soweit war und sein Sohn ein kleines Boot selbständig zu steuern wusste, würde er ihn mit Argusaugen beobachten. Vom Ufer aus, versteht sich. Denn kluge Ratschläge benötigten weder sein Sohn noch er.

Sie betraten den Steg.
Die an eine Harpune erinnernde Stange mit dem rostfleckigen Haken an einem Ende diente wohl zum Herausfischen der in der Alten Donau unkontrolliert wuchernden Algen. Mit Sicherheit hatte sie nichts auf dem Steg verloren.
„Kannst du mir mit der da helfen, Papi?“ fragte Daniel ihn just in dem Moment, als er nach der Stange greifen und diese zurück zum Bootshaus bringen wollte. Also legte er Daniel eigenhändig die Schwimmweste an. Der schwamm zwar wie ein Fischotter, aber sicher war sicher. Daniels Körper vibrierte vor Freude.
„Halt still“, sagte Ludwig, „schau, ich zeig dir, wie du die Weste anlegst.“
„Kann ich dir die Pfote geben? Sie könnte nass werden und das will ich nicht riskieren.“
Ludwig nahm das schmutzige Ding mit den kahlen Stellen in Empfang und verstaute es in der Tasche seiner Jeans. Er gab Daniel einen Klaps auf die Schulter und sah ihm zu, wie er in das winzige Wasserfahrzeug kletterte.
Während sein Sohn in dieser Nussschale das Gewässer kreuzte, legte Ludwig einen Viertelmarathon auf dem Steg zurück. Es kostete ihn einiges an Überwindung, nicht an den Nägeln zu kauen. Zwei Stunden später

befühlte er Nase und Stirn. Die Haut spannte und war heiß wie die metallene Espressokanne in seiner Bleibe. Jetzt kehrten die Kinder vom Wasser zurück. Ludwig wippte auf den Zehenspitzen und stieß einen erleichterten Seufzer aus. Es war geschafft! Die fünf Buben kicherten und schubsten sich gegenseitig. Ludwig atmete einmal tief durch und kehrte dem Geschehen auf dem Steg den Rücken, um einen Platz im Terrassencafé im ersten Stock zu suchen. Ein eisgekühltes, prickelndes Getränk hatten sie sich beide verdient. Und ein Eis. Das würde dem jungen Kapitän sicher schmecken.

Die Masten klapperten im Wind, bunte dreieckige Fähnchen flatterten über der Bar. Die Sonne stach, die Luft flimmerte. Aah, er liebte den Sommer! Könnte die ganze Welt umarmen!

Ein Schmerzensschrei gellte in das Blau des Nachmittags.

Ludwig erstarrte.

Ich hab`s gewusst.

Drei Stiegen auf einmal nehmend, hetzte er hinunter zum im Wasser liegenden Ponton.

Ich hab`s gewusst.

Eine schmale Gestalt lag reglos auf den Holzplanken.

„Wie ist das passiert?"

Noch während er die Worte schrie, hatte sein Kopf die Arbeit bereits erledigt, waren seine Augen schneller gewesen als sein Mund. Der Algenhaken, den er selbst, ja, er selbst! vergessen hatte wegzuräumen, hatte eine blutige Furche durch Daniels Oberarm gezogen. So ein Bubenarm war ja mit dem trainierten Bizeps eines Polizisten überhaupt nicht zu vergleichen.

Doch das war nicht alles.

Er schluckte und verfolgte den Weg des Hakens: Auf welche Art und Weise auch immer es geschehen sein mochte: der Haken steckte im Oberkörper des Buben. Waren Herz oder Lunge verletzt?

„Hat jemand den Notarzt verständigt", seine Stimme kippte während er Daniels Haare aus dessen Stirn strich. Und noch etwas fiel ihm auf: „Warum trägt er seine Schwimmweste nicht?" Der Segellehrer hob die Schultern an. Typisch. Keine Ahnung. Langhaariger Fuzzi! Er wusste es auch ohne die Erklärung des Zottelwesens vor ihm: Daniel hatte es wohl zu eilig gehabt, war ausgerutscht, als er im sicheren Hafen angekommen und an Land gestiegen war. Von wegen sicher! Hätte er die Schwimmweste anbehalten, wäre der Unfall wahrscheinlich glimpflicher ausgegangen. Doch halt. Sein Sohn – „Was willst du mir sagen, Daniel?"

„Wo warst du so lang, Papi?"

„Ich bin bei dir. Jetzt bin ich da.“

Daniel lächelte einen Moment ehe seine Iris nach oben wegrutschten und sein Kopf zur Seite rollte.

Das rasch lauter tönende Signalhorn des Rettungswagens signalisierte professionelle Hilfe. Ludwig stieß einen zittrigen Seufzer aus.

Endlich!

ZWEI

Für einen Augenblick lehnte Ludwig sich im Vorzimmer seiner Eineinhalbzimmerwohnung gegen die Eingangstür, deren Scharniere knarrten und dringend einen Tropfen Öl benötigten, knipste die Lampe auf der Kommode an, schlüpfte aus Schuhen und Socken, öffnete den Gürtel und danach das feuchte Hemd. Anstrengend war der Dienst gewesen. Die Razzia war gut verlaufen. Sein Informant Wagner, ein untersetzter, Vierzigjähriger mit Silberblick war, nun ja, er war zu Schaden gekommen. Endgültig zu Schaden gekommen sozusagen. Doch hatte irgendjemand behauptet, dass der Einsatz ungefährlich sei? Eben.

Er wollte nicht undankbar sein, wirklich nicht, und sein Chef hatte ihm rasch und völlig unaufgeregt geholfen, eine Dienstwohnung zu bekommen. Doch in diesem Hasenstall schmorte er wie auf einem Grillgitter in der Hölle. Die Hitzewelle würde dauern und dauern. Keiner der Wetterheinis erwähnte das Wort Regen.

Seine Zunge klebte am Gaumen. Er brauchte dringend etwas zu trinken.

Mit den wenigen Schritten, die er in die Kochnische und dort zum Kühlschrank benötigte, streifte er den Arbeitstag ab wie eine alte Haut. Du wirst einkaufen gehen müssen bevor

Daniel kommt, Alter, dachte er während er das Innere des Kühlschranks inspizierte und einen großen Schluck Birnensaft direkt aus der Packung trank. Ein paar Tropfen landeten auf seiner Brust. Er ließ sie dort und kühlte mit dem Tetrapack Stirn und Wangen während er durch das Zimmer Richtung Balkontür ging. Um die beiden Umzugskartons mit der HMS Aurora drauf machte er dabei einen Bogen.

Er überlegte: Mit der Wohnung hatte er es ganz gut getroffen. Bett, Schrank, Tisch, zwei Stühle – die wesentlichen Dinge waren vorhanden. Das restliche Zeug, Töpfe, Putzsachen oder Handtücher hatte er kurzerhand neu angeschafft.

Wie lange hauste er schon hier? Mehr als ein Jahr. Egal. Wen kümmerte es, dass er die zwei Kisten immer noch nicht ausgepackt hatte? Ihn sicher nicht. Er wusste gar nicht mehr, was er in sie hineingepackt hatte. Und wie sich herausgestellt hatte, besaßen die Behältnisse die ideale Höhe für das Schiff, wenn man sie aufeinanderstapelte.
Für die HMS Aurora.

Als er in den neunten Bezirk gezogen war, hatte er natürlich die nähere Umgebung genauer unter die Lupe genommen. Dabei hatte er „Antiquitäten und Kunstvolles aller Art“ entdeckt. In dessen rechter Auslage stand die HMS Aurora. Das Segelschiff mit den weißgrün gestrichenen Masten stach ihm gleich ins Auge. Am nächsten Tag stattete er dem unaufgeregten Geschäft einen Besuch ab und am Tag darauf stand der Dreimaster schon samt Holzstützen in seiner Bleibe. Auf den Kartons.
Seiner Errungenschaft galt der erste Blick in der Früh beim Aufwachen und der letzte vor dem Einschlafen.

Seit einiger Zeit jedoch – Mann, das hielt ja kein Mensch aus! Vielleicht regte sich ja auf dem Balkon ein

Lüftchen? Ehe er den Vorhang zur Seite schob, drehte er sich um und betrachtete einmal mehr die HMS Aurora.

Bei ihrem Erbauer musste es sich um einen begnadeten Künstler gehandelt haben, der seine Werkzeuge zu führen und einzusetzen wusste. Die Genauigkeit der Ausführung begeisterte ihn jedes Mal aufs Neue. Die ausgefahrenen, mit zahlreichen Kratzern versehenen Kanonen schienen schussbereit. Der Kapitän stand mit halb offenem Mund und Blick nach oben neben dem Steuermann. Dieser trug ein dunkelrotes Tuch um den Hals. Einige Kadetten und Matrosen, jeder mit einem anderen Gesichtsausdruck, tummelten sich in den Wanten. Nahe dem Bug schrubbten zwei Männer das Vorderdeck. Also nicht, dass sie sich bewegten, aber sie waren vorhanden. Sie putzten. Ein Pelikan thronte auf der Mastspitze, der Ausguck lag verlassen da. Was wiederum bewies, dass der Modellbauer eben doch nur über mäßiges Wissen im Bereich der Schifffahrt verfügt hatte. Der Ausguck, das Krähennest, durfte unter keinen Umständen unbemannt sein. Ludwig wischte mit der rechten Hand über die Stirn und weiter in den Nacken. Wenn er ehrlich war, dann war mit seinem

Schatz irgendetwas geschehen: Seit zwei oder drei Tagen umgab den Kahn eine Atmosphäre, die ihn frösteln machte. Obwohl die Faszination gleichzeitig anhielt. Vielleicht lag es auch einfach an seinem überreizten Nervenkostüm in Folge der zahlreichen Sonderschichten.

Sei`s drum.

Eine Zigarette würde ihn auf andere Gedanken bringen. Zu viel Nachdenken richtete immer und verlässlich Schaden an.

Jetzt schob er den schweren Vorhang zur Seite, entriegelte die Tür und schnupperte die Luft auf dem Balkon. Seiner Schätzung nach herrschte Gleichstand zwischen Innen- und Außentemperatur. Dunkelheit lag über der Stadt. Niemand brauchte ihn zu sehen, weshalb er mit verdeckter Glut rauchte. Der Lichtschein im Vorzimmer war von außen nicht erkennbar. Er wusste das, weil er vom Flachdach des Hochhauses gegenüber auf seinen eigenen Balkon gestarrt hatte. Stellte er sich noch dazu nahe zur Wand, war er de facto unsichtbar.

Die Zigarette hatte schon einmal besser gescheckt. Er bleckte die Zähne, dämpfte den Glimmstängel aus und

griff nach dem Fernglas. Systematisch checkte er Wohnung für Wohnung des gegenüber liegenden Wohnbaus. Einmal Polizist, immer
Polizist, mit Leib und Seele. Oder? Er nickte. Bei seinen Sorgenkindern verharrte er etwas länger: Die Alte aus dem vierten Stock hielt ein aufgeschlagenes Fotoalbum in Händen. Gleich würde es ihr hinunterrutschen. Der miese Typ aus der Wohnung darunter war noch nicht zu Hause, denn dessen Frau kochte und lächelte dabei. Das wagte sie in Gegenwart ihres Mannes nicht. Soweit also alles im grünen Bereich.

Gegen Ende ihrer Ehe hatte Susanne auch nicht mehr gelacht. Für ihn seien Daniel und sie lästige Anhängsel, erklärte sie ihm. Dass er für seine Familie sorgen wollte, nahm sie ihm nicht ab. Vielmehr fühle sie sich von ihm beobachtet, sagte sie. Nein, Moment, das Wort, das sie gebraucht hatte, lautete ausspioniert. Ausspioniert! Diese blöde Kuh! Was war dabei, wenn er wissen wollte, wie sie ihren Tag verbrachte? Was war dabei, wenn er aufpasste, dass sie Daniel rechtzeitig von der Schule abholte? Letztendlich waren seine Bemühungen und Fürsorge umsonst gewesen. Und jetzt? War er ein mittelalter Single. Ein Single, verdammt! Das hatte nie zu seinem Lebensplan gehört. Johann, ja der ließ nichts anbrennen, was er so mitbekam. Nur in letzter Zeit hatte er aufgehört, irgendwelchen Frauen zuzuzwinkern. Vermutlich hatte er eine neue.

Jetzt kam der Ehemann gegenüber nach Hause. Er hatte genug gesehen. Tür und Vorhänge ließ er offen. Luftzug stellte sich keiner ein. Er streckte sich auf dem Bett aus. Schloss die Augen. Irgendwo im Stockwerk über ihm hörte jemand scheiß Seelenmusik mit Glockengebimmel und dünnem Chorgesang. Was für eine Verschwendung von Rohmaterial!

Es raschelte im Zimmer.

Blätter? Ein Tier?

Fußgetrappel. Schaben von Holz auf Holz. Stimmen. Wasser schwappte. Menschen riefen einander Worte zu. Er verstand „Steuerbord voraus Mr. Conrad".

Er zog die dünne Decke über die Ohren. Wenn er keinen Schlaf bekam, und genau danach sah es aus, konnte er den morgigen Tag abschreiben.

Die Luft schien dick und zäh wie Daniels Hustensirup. Ludwig warf die Decke zu Boden. In Shorts und mit über dem Bauch gefalteten Händen lag er auf seinem Bett und wartete auf den Schlaf.

„Papiii."

Ein heißes, keinen Aufschub duldendes Flüstern. Ludwig fuhr hoch.

„Papiii."

Sein Herz raste. Verdammt. Was war hier los? Daniel nannte ihn genau so, wenn er ihn zu Bett brachte und ihm Märchen vorlas.

Ludwig rammte die Füße auf den Boden. Spitzte die Ohren. Die Stimme nahm in diesem seinem Zimmer ihren Ursprung, nicht in seinem Kopf. So weit, so schlecht.

„Papiii?"

Die Umzugkartons. Der Laut kam von diesen Kisten. Glaubte er. Genauer gesagt, aus dem Rumpf der HMS Aurora. Ludwig massierte seine schmerzende Brust und schluckte. Meereswellen rauschten, Wind plusterte die Segel auf. Er hievte sich ganz aus dem Bett und starrte auf den Schiffsrumpf.

Wieder alles ruhig.

Was war das? Da, am Fuße der Kartons, glitzerte etwas. Hatte das Schiff gepinkelt? Fast hätte er losgelacht. Doch die Sache war ernst. Zu ernst. Mit dem großen Zeh stippte er in die Lichtreflexion und zog den Fuß so schnell zurück als wäre er in weiche Hundekacke getreten. Er befühlte den Zeh. Nass! Er war nass! Vorsichtig tauchte er den Finger in die Pfütze und leckte daran:

Lauwarm. Und eklig salzig.

Du bist dabei, den Verstand zu verlieren, Alter.

Nein.

Er hatte Daniels Stimme so deutlich gehört als wäre er neben ihm eingeschlafen. Zentimeter für Zentimeter untersuchte er das Schiff in all seiner schäbigen Pracht. Und Alter, sei ehrlich: An Deck sind manchmal Leute und manchmal nicht. Vergiss das nicht.

Ein erfrischendes Lüftchen kitzelte seinen Nacken. Der grauenvolle Geschmack in seinem Mund nahm zu. Ludwig bückte sich, kniff das rechte Auge zu und starrte mit dem linken in eines der Fenster am Heck.

Drinnen beleuchtete Kerzenlicht die Gesichter der am Tisch sitzenden Personen. Den Tressen auf der Kleidung nach zu urteilen, handelte es sich um den Kapitän, den ersten und zweiten Offizier und einen ungefähr zwölfjährigen Kadetten mit hellblonden Haaren. Der Junge sah ihm direkt in die Augen. Die Haare auf Ludwigs Unterarmen stellten sich auf.

„Hol mich der Teufel!" keuchte er.

Als hätte dieser laut ausgesprochene Satz einen Schalter in seinem Kopf umgelegt, blitzte ein Schmerz wie der metallene zu einem Stilett geformte Arm eines Roboters quer durch sämtliche Ganglien und Synapsen bis zum Hinterkopf. Von dort raste der glühende Schmerz zurück zu Schläfen und Stirn. Sein Kopf würde platzen und sein Gehirn ins Zimmer spritzen. Er presste die Handballen gegen die Augen und rollte sich auf dem Boden zusammen. Der stakkatoartige Rhythmus seines Herzschlags, das Rumoren in seinem Bauch – in Kürze würde sein Körper implodieren.

Luft! Er brauchte Luft!

DREI

Engelshaar, Narzissen, Pelargonien – für Susanne zählten bunte Farben und der Duft von Blumen zu den schönsten Dingen ihres Lebens. Sie stellte das Holzkistchen mit den Blumen auf den Boden. Aus der Handtasche angelte sie die Schlüssel zu ihrem Zuhause. Lag etwa die Fußmatte schief? Susanne schob den ersten Schlüssel ins Schloss. Sodann den zweiten. Zuletzt folgte der breite Riegel. Nein, niemand war in der Wohnung gewesen. Sie selbst war über die Fußmatte gestolpert, so musste es gewesen sein, beim Weggehen in der Früh. Sie stieß die Tür mit dem Fuß zu und strebte schnurstracks der schmalen, L-förmig angelegten Terrasse zu, die um zwei Seiten der Wohnung im letzten

Stock des Gründerzeithauses führte. Natürlich erübrigten sich Vergleiche mit ihrem früheren Garten. Doch sie schätzte ihr überschaubares Paradies über alle Maßen. Jeden Winkel, jeden Mauervorsprung kannte sie. Kein Nachbar störte ihre Ruhe. Nachdem sie die Blumen eingesetzt und die Erde durchfeuchtet hatte, nahm sie draußen Platz und schloss die Augen. Ein überraschend frischer Luftzug sorgte für Kühlung. Ein Wunder, denn im Sommer hatte es in der obersten Etage eine Affenhitze. Im Winter kroch ihr die Kälte unter die Haut. Doch im Gegenzug und dank der fehlenden Isolierung konnte sie die Miete durchaus begleichen. Außerdem besaß sie vom Verkauf des Hauses noch einen erklecklichen Betrag. Mit einem Ohr lauschte sie in die Zimmer und hin zur Tür. Stille. Langsam kam ihr Atem zur Ruhe, lockerten sich die angespannten Nacken- und Schultermuskeln. Das Bild eines kräftigen Mannes mit bernsteinfarbenen Augen erwachte zum Leben. Schon morgen würde sie ihn sehen.

VIER

Kühle umgab ihn. Sein Körper ruckelte hin und her. Unter seiner Wange fühlte er Nässe und etwas Raues. Er öffnete das linke Auge. Dann das rechte. Er hob den Kopf. Hm. Nichts tat mehr weh. „He! Runter da!“ Jemand war auf seinen Fuß getreten. Hier konnte er nicht bleiben. Er kam auf die Beine.

Und erschrak heftig.

Instinktiv erfasste er die Situation. Ein äußerst realistischer Traum narrte ihn: Er befand sich auf offener See. Wegen der weißen Schiffsmasten mit der dunkelgrün gestrichenen Basis konnte er nur auf der HMS Aurora sein. Der heftige Stoß in die Nieren war zu realistisch für einen Traum und brachte ihn um ein Haar aus dem Gleichgewicht. Im letzten Moment bewahrte ihn ein Tau vor einem Sturz. Er sah sich um.

Abgesehen von seiner unerklärlichen Versetzung auf den Dreimaster stand er vor einem weiteren Problem: Dunkelgraue, schaumige Wellen und Wolkengebirge, schwarz wie das Gehäuse seiner Glock 19, verschmolzen zu einer gigantischen Wand aus Wasser und Luft. Diese Wand hielt punktgenau auf die HMS Aurora zu.

Die Sturmglocke an Deck läutete in einem fort. Schrotkugelgroße Regentropfen durchnässten ihn binnen Sekunden bis auf die Haut. Ein Matrose schob ihn zur Seite, ein Ellenbogen grub sich abermals in seine Niere. Schreie und Rufe verschluckten die unberechenbaren Windböen in der Sekunde. Ein kleiner Junge stolperte über seine eigenen Füße und landete auf dem Bauch. Er zog ihn hoch und hielt inne. In irgendeinem Winkel seines Gehirns wusste er, dass er damit Zeit verschwendete, Zeit, die er nicht hatte. Er befand sich nahe dem Eingang zur Schiffskombüse. Wie ferngesteuert suchte er Halt im Türstock und torkelte zur

Feuerstelle, wo er nach einem Topf mit heißem Wasser langte. In dem neu entstandenen Sektor seines Gehirns wusste er auch genau um seine nächsten Schritte und Aufgaben.

So schnell es die schwere Last erlaubte, kehrte er der Kombüse den Rücken, stemmte sich mit seinem ganzen Gewicht gegen den Sturm und balancierte den Niedergang hinunter unter Deck. Er wendete sich nach links und stieß mit dem Fuß die Tür zu einer Art Krankenkajüte auf. „Los los los! Was treiben Sie so lange? Ihr Österreicher lasst euch ja gerne Zeit“, herrschte Briscoe, der Doktor, ihn an. Ludwig stutzte. Wagner?

Briscoe sah aus wie sein Informant Wagner! Eine gewaltige Woge krachte gegen das Schiff, das in der Folge nach steuerbord krängte. Ludwig zog den Kopf ein, verlor das Gleichgewicht und verschüttete einen Gutteil des im Topf befindlichen Wassers. „Halten Sie hier keine Maulaffen feil! Passen Sie doch auf!“ herrschte Briscoe / Wagner ihn an.

„Ist er tot?“ Ludwig ließ den bewegungslosen Körper auf dem Tisch nicht aus den Augen.

„Er wird es bald sein, wenn Sie weiterhin so trödeln! Machen Sie schon! Halten Sie ihn am anderen Arm fest! Und hier am Oberkörper! Halt! Vorsicht! Mit Gefühl! Hier! Und hier! Was unserem Kapitän bloß eingefallen ist, den Jungen dort raufzuschicken! Ein Glück, dass sein Arm sich im Tau verfangen hat. Andernfalls hätte er den Sturz nicht überlebt. Los jetzt!“

Ludwig trat nahe zu dem Jungen. Aus dem mit Blut verklebten Oberarm ragte ein gelbliches Stück Knochen. Ein Prickeln wanderte Ludwigs Gurgel hoch.

Reiß dich zusammen. Du musst ihm helfen, der ist ungefähr so alt wie dein eigener Sohn, dem er sogar ein bisschen ähnlich sieht. Reiß dich um Himmels willen zusammen.

Die aufsteigende Magensäure schluckte er hinunter.

Unvermittelt riss der Knabe die Augen auf. Ludwig durchfuhr ein furchtbarer Schreck: „Daniel?“ Ihm blieb keine Zeit, seinen Verdacht zu bestätigen, denn der Kopf des Jungen fiel auf die Ludwig abgewandte Seite.

„Er hat das Bewusstsein verloren, ist auch besser so“, schrie Briscoe.

„Aber ich sehe nicht, dass er atmet“, rief Ludwig. Ohne Unterlass donnerte Wasser gegen den Schiffsrumpf. Es knarrte und ächzte über ihren Köpfen. Das Schiff neigte sich backbords. Ludwig war in der Zwischenzeit speiübel. „Halten Sie ihn fest, sonst landet er in der Sekunde auf dem Boden“, kommandierte der Dok. Abermals schluckte Ludwig seinen Mageninhalt hinunter und lockerte hierbei wohl kurz den Griff am Körper des Verletzten. Briscoe bemerkte es und schrie: „Wenn Sie so weitermachen, wird der Kleine nur mehr mit einem Arm durchs Leben schreiten. Das wird hart für ihn.“ Ludwig biss die Zähne zusammen und hielt den Verletzten fest. Briscoe schnaufte und fluchte. Das Schiff schlingerte hin und her.

Nicht loslassen. Nicht loslassen.

Zwischendurch gab Ludwig schließlich sein Mittagessen von sich. Irgendwann, nach Stunden, so schien es ihm, war die Operation beendet.

Zentimeterhoch stand Wasser vermischt mit allen möglichen festen und matschigen Stoffen auf dem Boden der Kajüte. Ludwig watete zu einer der beiden Luken. Kühle strömte in das Innere und verdünnte die vom Geruch nach Adrenalin, Blut und Kotze getränkte Luft. Der Junge bewegte sich nicht. Briscoe bemerkte seinen Blick: „Er schläft. Hoffen wir, dass die Wunde gut heilt.“

Erleichtert schickte Ludwig sich an, aufzuräumen.

Zuletzt hatte er den Topf zurückzubringen. An Deck angekommen, erfasste ihn eine Windböe und drohte, ihn von den Füßen zu reißen. So gut es ihm möglich war, hielt er dagegen. Wenigstens der Regen hatte aufgehört. Der Himmel leuchtete in schwefeligem Gelb. Das Unwetter war noch nicht vorüber. Wackeligen Schritts steuerte er die Kombüse an, seine volle Konzentration war gefragt. Der kochenden Wasseroberfläche und den haushohen Wellenbrechern schenkte er deshalb keine Beachtung. Das letzte, was er bewusst wahrnahm, war ein durch die Luft segelnder Eimer, der genau auf ihn zu

steuerte.

FÜNF

Das Schiff schaukelte behäbig. Von dem nächtlichen Weltuntergangsszenario keine Spur.
Allein – die Augen zu öffnen, zählte im Moment nicht zu seinen Optionen. Langsam atmete er ein. Was hatte er nur gestern nach Dienstschluss getrieben?
Das Tirili einer Meise klang besonders rein und klar. Moment. Vogelgezwitscher? Eins nach dem anderen. Birnensaft. Zigaretten. Schiff. Schiff. Gewitter. Daniel. Er versuchte, den Kopf zu drehen. Blinzelte. Und bedeckte die Augen mit dem Unterarm: Wie ein Tatortscheinwerfer beleuchtete ein breiter Sonnenstrahl Herd und Kühlschrank. Wie spät war es? Er wälzte sich nun doch auf die Seite und setzte sich auf. Sofort überfiel ihn Schwindel, den er zu neutralisieren versuchte, indem er Gesicht und Schläfen mit beiden Händen bedeckte. Sein rechter Zeigefinger streifte dabei über eine äußerst schmerzhafte Erhebung am Haaransatz.
Autsch.
Eine Beule? Tatsächlich.
Vorsichtig tastete er die Umrisse der Verletzung ab. Groß wie das Ei eines Pelikans. Und der Pelikan selbst

verweste wohl in seiner Mundhöhle, einen derart grausigen Geschmack hatte er im Mund.

Sein Blick fiel auf die HMS Aurora.

Scheiße! Ich bin dort gewesen! Auf dem Seelenverkäufer. Und nicht nur ich. Daniel auch! Der wird -

Daniel würde um zehn Uhr vor seiner Tür stehen.

Du hast ein Problem, Alter.

Daniel war ein aufgeweckter Junge, kein stundenlang vor der Playstation lümmelnder dumpfer Brüter. Der gelinde gesagt angegriffene Zustand seines Vaters würde ihm in der Sekunde auffallen.

Du brauchst eine verdammt gute Erklärung.

Und die würde nicht einfach sein. Die Schwüle in seinen vier Wänden trieb ihm den Schweiß aus jeder einzelnen seiner verfluchten Millionen Poren. Wieder zog die HMS Aurora ihn wie ein Magnet an. Ruhig und unbeweglich stand sie da.

Natürlich tut sie das. Was hast du gedacht. Es ist ein Modell. Keine Zweigstelle von Liliput.

Und doch - Stopp.

Er brauchte einen klaren Kopf. Am besten nahm er eine Dusche. Im Anschluss würde er Susanne anrufen. Ihr sagen, dass Daniel erst um elf kommen konnte. Und er würde seinem Sohn ein eigenes Handy schenken. Vielleicht schon heute. Er musste direkt mit seinem Kind sprechen. Ohne Vermittlung seiner Ex-Frau. Das nämlich stellte die eigentliche Kontrolle dar. Dass sie wissen wollte, welche Themen er mit seinem Sohn besprach.

Niemand nahm seinen Anruf entgegen. Dann eben nicht. Ehe er die Tür der Duschkabine schloss, überprüfte er noch einmal das Schiff. Er zog die Schultern hoch und kniff die Augen zusammen.

Die HMS Aurora gab nicht und nicht Ruhe.

Jetzt schwebte gerade eine weiße, maßstabsgetreue Pelikanfeder vom Ausguck zu Boden und landete in der Pfütze

Salzwasser.

War die etwa größer geworden?

SECHS

Gläserklirren, Gelächter, Stoffrascheln – Susanne presste den Hörer des Telefons ans Ohr: „Un moment, ma chère“, Madame klang ein wenig außer Atem, „so, hier ist es ruhiger, und, meine Liebe, dass unsere Kleider und Blusen den Gefallen der noblen französischen Klientel erwecken, ist auch Ihr Verdienst. Hallo,

Cheri“, kurze Pause, Madame Berger trug mit Sicherheit die voluminösen Ohrgehänge, deren Klimpern Susanne durch die Leitung zu hören glaubte, „ich muss aufhören, meine Liebe, man verlangt nach mir.“

Susanne schmunzelte: Madame hatte während ihrer beider Gespräch fortwährend mit französischem Akzent gesprochen. Dabei verbrachte sie Kindheit und Jugendzeit in Purkersdorf bei Wien, wie sie ihr während einer der zahlreichen Überstunden anvertraut hatte.

Die Haute Couture Show in Paris verlief wohl ganz nach dem Geschmack ihrer Chefin. Susanne kehrte vom Entrée des Ateliers zu ihrem Arbeitsplatz zurück. Es kam ihr vor, als wandelte sie dabei durch Wolken von Rive Gauche, Madames Parfum, das bei Susanne ob seiner süßlichen Duftnote mitunter einen Anflug von Kopfschmerzen verursachte. Den sie jedoch in Kauf nahm, denn Madame war schwer in Ordnung und wusste Susannes handwerkliche Fähigkeiten zu schätzen, was sie nicht zuletzt mit einem ziemlich ansehnlichen Gehalt honorierte. „Es stimmt ja“, sagte Susanne in die Stille der Werkstatt. Madames komplizierte Musterentwürfe entschlüsselte allein Susanne. Mit einem analytischen Blick und feingliedrigen Fingern gesegnet, setzte sie die auf dem Papier ersonnenen

Pailettenträume ihrer Chefin in die Realität, in

ihrem Fall auf Stoff, um. Nach unterschiedlichsten Farbnuancen sortiert, schimmerten die Kunststoffplättchen in Schächtelchen, von wo Susanne sie mit feinsten Nadeln aufnahm, um sie sodann gemäß Madames Entwürfen mit hauchdünnen Seidenfäden auf Blusen und Kleider zu sticken. Das dauerte seine Zeit. Susanne steckte die Nähnadel in ein mit Stecknadeln gespicktes Pölsterchen. „Für heute ist es genug", sagte sie und lockerte Finger und Hände. Sie hatte ausreichend Vorarbeit für morgen geleistet, sodass sie in der Früh gleich loslegen würde können.

Ehe sie das mehrflügelige Fenster schloss, warf sie einen Blick in den mit neun Rosenbäumchen und zwölf Birken wohl geplanten Innenhof. Kein auf der Straße vorbeieilender Passant hätte ein derart barockes Paradies hinter dem mit Graffitis verzierten Metalltor vermutet. Das zarte Grün der Birkenblätter erinnerte sie an auf dem Spielplatz verbrachte Nachmittage. In ihrer Kehle wurde es eng und sie bedeckte mit der linken Handfläche die Kuhle an ihrem Hals.

Beim Betreten des Innenhofes blickte sie nach links und rechts. Beim Betreten der Straße tat sie das Gleiche, diesmal mit dem schützenden Metalltor im Rücken. Sorgfältig setzte sie einen Fuß vor den anderen, trat jeweils mit der ganzen Sohle auf, wurde nach wenigen Schritten schneller und erlaubte sich, an den heutigen Morgen zurückzudenken. Da war sie aus ihrer Wohnung geflohen.

Just als sie ins Stiegenhaus treten wollte, um ins Atelier zu fahren, hatte das Telefon in der Wohnung zwei Mal geklingelt. Aus alter Gewohnheit hatte sie wieder einen Festnetzanschluss gewählt, den sie in ihrem neuen Leben gar nicht benötigte. Eine kurze Pause folgte, ehe es erneut drei Mal läutete. Das alte Familienzeichen. Früher hatte sie dann das Gespräch entgegengenommen. Diesmal setzte der Anrufbeantworter ein und spulte den Text ab. Dann hörte sie seinen Atem. Nur seinen Atem. Was wollte Ludwig von ihr? Sie ärgerte sich über sich selbst. Dass ihre Geheimnummer für ihren Ex-Mann nicht lange geheim bleiben würde, hätte sie sich denken können. Außerdem hatte sie die Erfahrung machen müssen, dass Ludwig über feinste Antennen verfügte, eine Art Sensorium für die Zukunft, das ihre Handlungen erahnte. Spürte er, dass sie jemanden kennen gelernt hatte? Einen Mann, den sie in weniger als einer halben Stunde treffen würde?

„Mach dich nicht lächerlich"; sagte sie jetzt laut und sah Johann vor sich. Einen Meter neunzig groß und von derart sanftem Wesen wie sie es bei einem Mann niemals für möglich gehalten hätte. Ganz anders als Ludwig. Susanne klopfte mit den Fingerspitzen auf ihre heißen Wangen. Noch waren Johann und sie sich nicht näher als eine Berührung an der Schulter gekommen, doch sie hoffte auf mehr. Bald. Und das wunderte sie am allermeisten. Außerdem hoffte sie, dass die Initiative hierzu nicht von ihr ausgehen musste, denn Ludwig hatte ihr genau erklärt, was von solchen Frauen zu halten war, die den Anfang machten, was er von solchen Frauen dachte. „Schluss jetzt", sagte Susanne, „seine Ansichten sind bestenfalls vorsintflutlich." Die Härte und Bitterkeit in ihrer Stimme erschreckte sie. Außerdem würde sie schlecht gelaunt zum Treffen erscheinen, sollte sie weiterhin ihre Zeit mit Gedanken an ihren Ex-Mann verschwenden. Drei Mal strich sie über die alte, mittlerweile haarlose Hasenpfote, die an ihrem Schlüsselanhänger baumelte und bisher nur ein einziges Mal versagt hatte. Gründlich. Doch wie um das ihr Leben von Grund auf verändernde Unglück wieder gut zu machen, schien das Glück ihr seither hold. Der Job bei Madame Berger, die Wohnung, und jetzt gab es ihn, Johann.

Trotz der sommerlichen Hitze verfiel Susanne in einen leichten Laufschritt, denn Johann sollte nicht eine Sekunde befürchten, dass sie ihn versetzte. Die körperliche Betätigung hielt ihre Gedanken im Zaum und vertrieb die Traurigkeit, die wie ein dunkler Wandbehang ihr Inneres auskleidete.

Nur noch wenige Meter.

Drei Minuten Verspätung – durchaus im Rahmen. Ein wenig außer Atem und leicht verschwitzt wechselte sie zu raschem Schritttempo. Johann würde hoffentlich einen Tisch im klimatisierten Inneren des Cafés gewählt haben? Eine Haarsträhne aus der Stirn streichend, bog sie um die Ecke.

Ein blau - weißes Motorrad.

Susanne tat einen Satz nach hinten, zurück in die Gasse. Sie kannte das Fahrzeug nur zu gut.

Die beiden Männer, mit dem Rücken der eine, seitlich zu ihr der andere, auch.

„Bitte bitte nicht", beinahe wimmerte sie diese Worte. Sie presste den Rücken an die Mauer des Hauses und die Lippen aufeinander. Wie in aller Welt war das möglich? Wieviel Pech konnte ein Mensch haben? Johann und Ludwig kannten einander? Denn das schloss sie aus dem geringen Abstand zwischen den beiden.

Susanne lugte um die Ecke. Ihr Ex-Mann verabschiedete sich gerade von Johann und drehte sich just in ihre Richtung. Sie fuhr zurück. Zitterte dabei am ganzen Körper.

Bitte nicht! Lass ihn mich nicht gesehen haben! Er hat mich nicht gesehen! Doch das Gefühl tief in ihrem Bauch sagte ihr das Gegenteil. Sein unsteter Blick in ihre Richtung, verbunden mit einem zähnefletschenden Verziehen des Mundes - ihr Bauch irrte nicht. Er hatte sie definitiv gesehen.

Kurz darauf vernahm sie das Motorengeräusch der BMW. Susanne riskierte einen weiteren Blick um die Ecke und stieß die Luft aus: Ludwig brauste soeben davon.

Johann erforschte ihr Gesicht. Sein Mund formte Worte, die sie weder verstand noch hörte. Er wollte nach ihrer Hand greifen. Susanne zog diese gerade so weit zurück, dass er sie nicht zu fassen bekam ohne sich vorzubeugen. All ihre Kraft kostete es sie, regelmäßig zu atmen. Sie wollte keinerlei Fragen beantworten. Natürlich blieb ihm ihr Zurückweichen nicht verborgen. Das gehörte schließlich zu seinem Beruf, darauf war er trainiert: selbst auf das minimalste Blähen der Nasenlöcher seiner Klienten hatte er zu achten, dachte Susanne.

Sie atmete aus. Johann lehnte sich zurück. Zum Glück trat der Ober an ihren Tisch und nahm die Bestellung entgegen.

Abermals tastete Johann nach ihrer Hand. Die sie ihm nun überließ.

Ihr Kopf arbeitete auf Hochtouren.

Hatten sie über sie geredet? Über sie gelacht? Sich lustig gemacht? Das Interpretieren und Hinterfragen musste aufhören. Ludwig wusste nichts von Johann und ihr. Nur stellte es leider eine Tatsache dar, dass sie mit dem Meister der Verfolgung und Kontrolle verheiratet gewesen war. Zwar gab es mittlerweile ganze Tage, in denen sie darauf vergaß, wirklich aus ihrem Kopf bekam sie ihn nicht.

„Etwas von der Mehlspeisenvitrine, die Dame?" fragte der Ober und stellte die Getränke vor sie. Susanne lehnte ab und tauchte den langen Löffel in die Eisschokolade. Johann nippte an seinem Cappuccino und sagte: „Vorhin habe ich einen ehemaligen Schulfreund getroffen. Ab und zu sehen wir uns. Es geht ihm nicht gut." Susanne schluckte und fragte: „So? Wie kommst du drauf? Dass es ihm nicht gut geht, meine ich." Ihre Stimme klang gleichmäßig. Interessiert, aber nicht zu sehr. Höflich.

„Aus seinen Erzählungen weiß ich, dass seine Frau ihn verlassen hat. Das kann noch nicht so lange her sein, denke ich. Üble Geschichte. Als er die Sonnenbrille abnahm und ich in seine Augen gesehen hab, wirkte er komplett unter Strom. Sein Blick konnte nicht an einem Punkt verharren. Er redete ununterbrochen. Er kam mir vor als hätte er die Persönlichkeit gewechselt. Nicht zum ersten Mal habe ich ihn gebeten, zu mir in die Praxis zu kommen. Natürlich will er nicht. Diesmal meinte er, er könne seinen Sohn nicht so oft sehen wir er wollte, hätte aber eventuell eine Lösung gefunden, die alle zufrieden stellt."

Susannes Herz tat weh. Und sie spürte ein Flattern im Bauch. Ihre Befürchtung stellte sich als richtig heraus. Ludwig verdrehte die Wahrheit nach wie vor zu seinen Gunsten und ignorierte die Realität, von der ihm offenbar ein weiteres Stück abhandengekommen war. Die ihm höchstwahrscheinlich in nahester Zukunft völlig abhandenkäme. Er wollte Daniel öfter sehen. Wie sollte sie jemals ein Leben ohne ihren Ex-Mann führen?

„Entschuldige", fuhr Johann fort, „das willst du natürlich nicht wissen. Mitunter belastet mich das berufliche Zeug mehr als nötig. Ich muss wohl akzeptieren, dass mir bei meinem alten Schulfreund Grenzen gesetzt sind. Dass ich machtlos bin in seinem Fall."

Susanne nickte. Ihr Entschluss stand fest. Nicht im Traum würde sie Johann erzählen, wie gut sie seinen alten Schulfreund kannte. Niemals. Sie würde sich nicht selbst anschwärzen, indem sie erklären musste, warum sie trotz Ludwigs Schikanen bei ihm geblieben, dass sie beschädigte Ware war, mit mehr als einem Sprung. Dass er mit so einer wie ihr, die seinen Patienten ähnlicher war als ihr lieb war, auch privat Zeit verbringen wollte, konnte sie sich beim besten Willen nicht vorstellen.

Also würde sie schön den Mund halten.

Halten müssen.

SIEBEN

Im Appartement herrschte Zwielicht.

Bald würde es stockdunkel sein.

Ludwig murmelte: „Deine Ex-Frau. Mit deinem Schulfreund. Hättest du dir das gedacht, Alter?"

Susannes heller Haarschopf an der Ecke des Hauses war ihm selbstverständlich nicht verborgen geblieben.

Auch wenn sie alles unternommen hatte, um sich vor ihm zu verstecken.
„Du hast mich noch nie täuschen können, du Schlampe!“ sagte er laut.
Deshalb also war Johann so brav und bieder geworden. Es war ihm egal. Sollte sie tun und lassen, was immer ihr passte.
Eine zuvor nicht gekannte Klarheit erfüllte ihn.
Seit einigen Tagen wusste er genau, was er zu tun hatte.

Zunächst kontrollierte er, ob alles bereit war. Wobei es sich bei „alles“ zum einen um ein paar Tropfen Wasser handelte, das er nun in einem Glas verrührte. Ob sieben Kristalle Meersalz reichten? In Daniels Märchen kam dieser Zahl große Bedeutung zu. Beim ersten Ausflug hatte er eine fadenscheinige, von einem ausgefransten Stück Schnur gehaltene Hose und ein dreckiges Unterhemd getragen. Schuhe waren, von wem auch immer, nicht vorgesehen gewesen. Woher die Kleidungsstücke das erste Mal stammten, entzog sich seiner Kenntnis wie überhaupt der Vorgang zur Gänze es tat. Er musste es auch nicht wissen, solange es nur funktionierte. Er hatte ein wenig im Polizeifundus gegraben und eine abgetragene Hose und ein aus mehr Löchern als Stoff bestehendes Shirt mitgenommen. Er schlüpfte in die Klamotten.

Nun beugte er sich zur HMS Aurora.

Auf Deck an der Außenwand der Kombüse entdeckte er einen Matrosen, der die leichte Brise dem Gestank der Kajüte vorzog.

Das Schiff wartete auf ihn.

Und nicht nur das Schiff.

Auch Daniel.

Er spürte es.

Wusste es.

Ludwig ging in die Knie. Mit einem Suppenlöffel träufelte er ein wenig von dem Salz-Wasser-Gemisch auf den Boden neben die Kante des Kartons. Genau wie beim ersten Mal. Insgesamt tat er das sieben Mal, genauso wie in dem Märchen, das er Daniel vorgelesen hatte. Sodann tauchte er den Zeigefinger in die so entstandene Pfütze.

Kurz hielt er inne.

Dann steckte er den nassen Finger in den Mund.

Atmete er?

Hielt er die Luft an?

Wenn überhaupt möglich, so lief der Transformationsprozess, die Reise, noch schmerzhafter und schneller ab als beim letzten Mal. Sein Herz schien die Seitenwände nach außen zu drücken indem es die Anzahl der Schläge mindestens vervierfachte. Seine Gedärme rumorten als zersetzten sie sich in den nächsten Sekunden. Seine Gliedmaßen schienen in Flammen zu stehen. Und erst sein Kopf! Jeder einzelne Knochen, jede Ader, jede Zelle seines Körpers schmerzte, brannte, pochte, löste sich auf. Er krümmte sich und presste die Zähne aufeinander bis sie knirschten.

ACHT

Die plötzliche Ruhe und die Abwesenheit jeglicher Art von Schmerzen, denn nichts tat mehr weh, auch nicht, als er vorsichtig einen Atemzug tat, konnte nur eines bedeuten: er hatte die ihm vertraute Welt verlassen.

War er tot? Am Leben?

Und wenn er am Leben geblieben war, wo, wo war er gelandet?

Er lauschte.

Bleib ruhig.

Er kauerte auf einer hölzernen Fläche kauerte. Okay.

So weit, so – na ja.

Der Untergrund schwankte. Über und neben ihm knirschte, ächzte und stank es.

Er war auf dem Schiff.

Noch traute er dem körperlichen Frieden nicht, hatte die unerträglichen Schmerzen nicht ganz vergessen. Deshalb zog er Arme und Hände bedächtig unter seinen Oberkörper und richtete diesen auf. Auf diese Art gelang es ihm, über die hölzerne Wand zu blicken. Natürlich! Im Krähennest war er gelandet! Ein Blick hinunter, auf Deck, erstickte das aufkeimende Lachen in der Sekunde. Tja. Er hatte schlechte Karten. Einzig die Vernunft sagte ihm, dass unter ihm der Rest der HMS Aurora über das Meer glitt. Sehen, sich überzeugen, das verwehrte ihm eine Nebelbank, die das Schiff in einen kompakten Mantel hüllte. Je länger er auf und in das Wettergeschehen starrte, desto mehr gewannen die gelblichen Schleier an Dichte. Wie sollte er praktisch blind die Wanten hinunterklettern ohne sich dabei den Hals brechen? Er musste überlegt vorgehen, jeder Tritt und Griff musste auf Anhieb sitzen. Denn fiele er ins Wasser, so bemerkte dies niemand und seine Anstrengungen, all die Schmerzen wären umsonst gewesen.

Reiß dich am Riemen.

Er schwang das Bein über den Rand und begann mit dem Abstieg.

Bald bin ich bei dir.

Zarte Intellektuellenhände mochten andere ihr eigen nennen. Er hatte viele Krägen gepackt und Haarbüschel ausgerissen, doch die abstehenden Fasern des Taus rissen die Haut seiner Handflächen auf.

Bald bin ich bei dir.

Das Schlingern und Rollen des Schiffes stellte seine Muskeln vor eine zusätzliche Herausforderung.

Bald bin ich bei dir.

Er glaubte bereits am Ende seiner Kräfte angelangt zu sein, als er Holz unter seinen Sohlen spürte.

Geschafft!

Die Erleichterung währte nur kurz, denn nach dem zweiten Schritt trat er in etwas Weiches und gleichzeitig Spitzes. Er ging in die Hocke, um nachzusehen, was auf den Planken lag, erschrak heftig, sodass er nach hinten kippte und auf dem Hintern landete. Zwischen seinen Füßen ruhte der einstige Herrn des Ausgucks, der Pelikan.

Der Vogel würde nie wieder Fische verspeisen, nie wieder über den Himmel jagen, nie wieder im Krähennest den Überblick bewahren.

Aus welchem Grund war das Tier gestorben? Hatte es ein Blitz erschlagen? Oder sonderte gar der gelbliche Nebel giftige Dämpfe ab?

Er musste weiter.

Ein abartig grässlicher Gestank verpestete die Luft. Übelkeit stieg in ihm auf, er atmete so flach wie irgend möglich. Sein T-Shirt am Halsausschnitt bis zur Nase hochgezogen, strebte er mit zusammengekniffenen Augen und ausgestreckten Armen geradewegs auf den Niedergang zu.

Da vorne war doch etwas?

Na bitte!

Alle gefunden.

„Briscoe!"

Ludwig wusste, dass Nebel Geräusche schluckte. Aber dass die Mannschaft so gar keinen Mucks von sich gab? Egal. Er würde später mit Briscoe sprechen. Jetzt galt es, Daniel zu finden. Vor dem Abgang erfasste ihn abermals eine dieser wie aus dem Nichts entstehenden Windböen, die in dieser Welt offenbar auf der Tagesordnung standen. Er verlor abermals das Gleichgewicht, fiel nach vorne und die in die Kajüten führende Stiege hinunter. Wenn überhaupt möglich, war der Gestank hier noch intensiver. Vermischt mit Brackwasser, Holz, Schwefel verdickte er die Luft so sehr, dass Ludwig beinahe erwartete, von einer Art Geruchsteppich aufgefangen zu werden. Natürlich war dem nicht so

und er krachte auf die rechte Seite. Schulter, Hüfte und Knie knacksten Besorgnis erregend.
Nur ein paar Sekunden, dachte er und schloss die Augen. Seine Hüfte schmerzte.
Der Pelikan. Der Geruch. Sein Sturz.
Das alles war schlecht. So richtig schlecht. Er musste weg von hier. Dafür sollte er besser einen Zahn zulegen. Und er musste Daniel finden. Ohne ihn würde er diese ihn aus dem Gleichgewicht bringende und stinkende Welt nicht verlassen.

Er gab alles, um auf die Beine zu kommen, was ihm schließlich unter Stöhnen und Fluchen gelang. Er hinkte zur Krankenkajüte, hielt dabei den rechten Arm mit der linken Hand an den Körper gepresst. Die Kajüte fand er leer vor. Über seinem Kopf grollte ein langgezogener Donner, den er bis in seine Eingeweide spürte.
In welchem Winkel des Schiffs hatte die verdammte Mannschaft seinen Sohn versteckt?

Ludwig kämpfte sich zurück an Deck.
Dort hatte die allgemeine Lage eine weitere Zuspitzung erfahren: der schwefelgelbe Nebel hatte sich zwar gelichtet und Ludwigs Sicht reichte nun etwas weiter.

Hinter dem Horizont erstreckte sich jedoch das schwärzeste Schwarz, das er je gesehen hatte.
Das Nichts, fuhr ihm durch den Kopf.
Silbrig-weiße Blitze zuckten aus diesem Nichts. Knapp aufeinander folgend rumpelten gewaltige Donner und übertönten das Brausen des Windes.
Die Schwärze kam in Bewegung. Floss irgendwie über den Rand des Horizonts. Bald bedeckte sie einen Großteil der Wasseroberfläche. Das Schlimmste daran war, dass sie die HMS Aurora im Visier hatte.

Ludwig bewegte sich rückwärts, Richtung Heck. Je mehr das Steuerrad sein Sichtfeld einnahm, desto deutlicher schälten sich die Umrisse mehrerer Gestalten aus dem wieder dichteren Nebel. Ein Stein fiel ihm von Herzen, der Mann vor ihm sah aus wie -
„Wagner! Briscoe! Verdammt! Bin ich froh! Ich dachte schon, die Mannschaft…“, rief Ludwig aus. „Wo ist der Junge?“

NEUN

So geht es nicht weiter“, flüsterte Susanne während sie ihren Wohnungsschlüssel in einem Seitenfach ihrer Handtasche verstaute. „Er muss mich in Ruhe lassen. Aufhören, mich

anzurufen.“ Sie atmete tief ein: „Und das muss ich ihm wohl persönlich sagen.“ Auch wenn die Aussicht auf ein Gespräch mit ihrem Ex-Mann alles andere als erfreulich war, so fühlte sie doch Erleichterung ob dieser Erkenntnis. Sie trat aus dem Haus und entdeckte Kurt Novak, einen von Ludwigs Kollegen, den sie während ihrer Ehe, als ihre Welt noch rund und der Himmel immer blau leuchtete, geschätzt hatte. „Du kennst ihn am besten, Susanne. Und er spricht oft von dir. Trotz allem“, sagte Kurt nun.

„Was willst du von mir?“

„Mit Ludwig stimmt etwas nicht. Schon länger. Meiner Meinung nach. Du kennst seine Zuverlässigkeit. Man hat mir gesagt, dass er nicht im Dienst erschienen ist und niemand mit ihm Kontakt aufnehmen konnte. Da wir uns näher kennen, soll ich nach dem Rechten sehen. Vielleicht ist er ja krank.“ Ja, dachte Susanne. Krank. Herz- und Seelenkrank. „Na gut,“ sagte

Susanne. Ein letztes Mal. Einen letzten Dienst würde sie ihm erweisen, auch wenn ihn dies unter Umständen direkt auf die geschlossene Abteilung auf der Baumgartner Höhe führen sollte: „Ich komme mit dir."

Ludwig wohnte in einer Dienstwohnung im vorletzten Stock. Es blieb bei mehrmaligem Geklingel an der Tür. Dahinter herrschte Stille. „Okay", sagte Kurt und zog einen Zweitschlüssel aus der Jacke. „Wir gehen rein."

ZEHN

Hier lief etwas völlig falsch.

Es war, als bedeckte ein Stück schmutziges Tuch seinen Mund. Es ließ seine Worte hohl, leise und verzerrt klingen.

Der Dok reagierte nicht. Er sah ihn und die übrigen Männer nur verschwommen. Wie ausgefranst, als würden die Umrisse ihrer Gestalten langsam in die Umgebung einfließen. Die Männer beobachteten zwei der ihren, die einen auf einem länglichen Brett befindlichen Leinensack ins schäumende Wasser kippten. War das etwa – eine Eiseskälte nahm Ludwigs Körper in Besitz und er rief: „Daniel!“ Beachtung schenkte ihm niemand.

„Briscoe! Verdammt! Ist es der Junge? Was ist geschehen?“

Der Schiffsarzt neigte den Kopf in Ludwigs Richtung. Augen mit milchigen Pupillen fixierten ihn und er sagte: „Quid pro quo, Herr Polizist, ist es nicht so?“

„Wagner! Es war ein Unfall. Du warst zur falschen Zeit am falschen Ort. Ich bin nicht schuld an deinem Tod.“

Er ergriff Wagners Arm. „Ist das so?“ zischte dieser und lachte keckernd.

Ludwig rüttelte Wagners Arm.

Schlechte Idee. Ganz schlecht.

Denn seine Hand griff durch den Oberarm durch, Daumen und Finger trafen einander. Wagner ignorierte ihn völlig, schaute stattdessen in die entgegengesetzte Richtung. Ludwig folgte Wagners Blick: Dorthin, wo die Schwärze ohne Unterlass strömte. Die Farbe des absoluten Nichts erfasste die HMS Aurora. Dort, wo es die Sparren und Planken berührte, knusperte, knirschte und schmatzte es.

Das Schwarz verschlang das Schiff.

Ein Mann nach dem anderen verschwand. Wagner. Briscoe. Alle weg.

Daniel hatte er nicht retten können. Sein Herz zog sich

zusammen. An den Rändern seines Gesichtsfeldes flimmerte es.

Das Schwarz war noch wenige Zentimeter von seinen Zehen entfernt.

Es tat nicht weh, als das Nichts ihn berührte.

Ludwig tat einen Schritt nach vorne. So würde es schneller gehen, so würde er schneller verschwinden. Langsam rann die Schwärze zwischen Zehen, bedeckte das Nichts den linken Fuß, der sofort darunter verschwand, dann den rechten, wanderte zu den Knöcheln, weiter zu den Knien, immer weiter. Bald reichte ihm das Nichts bis zum Oberkörper.

Schmerzen verspürte er nach wie vor nicht. Stattdessen erfüllte ihn eine jahrelang nicht mehr verspürte Zufriedenheit. Ruhe.

Da hörte er ein Wort:

„Papiii." Wie ein heißer Wind, der ihm durch Mark und Bein fuhr.

ELF

Frisch. Salzig. Wie am Meer. Es war der Geruch, der Susanne beim Betreten von Ludwigs Wohnung auffiel.

Kurt ging ihr voran: „Ludwig?“ Susanne betrat das Wohnzimmer und blieb vor dem Modell eines alten Segelschiffs stehen. Der Luftzug zwischen Balkon- und Eingangstür bauschte den Vorhang und setzte die Segel des Dreimasters in Bewegung. Susanne zog die Schultern hoch. Fröstelte. Mit einem Knall fiel die Eingangstür zu. Sie erschrak, fuhr herum und entdeckte Kurt, der aus einer Tür im Wohnzimmer trat, die ihr zuvor nicht aufgefallen war.

„Die Wohnung ist leer“, sagte Kurt, „auch die Räume hinter der Verbindungstür.“

„Was meinst du?“

„Wir nutzen die Wohnung mitunter auch für Personen, die Schutz benötigen. Sie können hier unterkommen.“

„Verstehe.“

„Ludwigs Bereich ist ja recht klein, aber er wollte es so.“

„Er ist also gar nicht da?“

Kurt schüttelte den Kopf und sagte: „Hast du eine Idee, wo er sich aufhalten könnte?“

Jemand machte sich an der Eingangstür zu schaffen.

„Da ist er“, sagte Kurt, ging zur sich öffnenden Eingangstür und sagte: „Wo warst – wer sind Sie?“

„Johann Bucher“, sagte Johann.

Susanne schloss die Augen. Sie wollte diese Räume, diesen Käfig, auf der Stelle hinter sich lassen. Nur raus. Sofort.

„Susanne?" Johanns Blick glitt über ihr Gesicht. Sie erwiderte seinen Blick nicht. Konnte es nicht.

„Was ist mit Herrn Ziehrer? In welcher Verbindung stehen Sie zu ihm?" Kurt streckte die Brust heraus und stemmte die Hände in die Hüften.

Johann erklärte sein Verhältnis zu Ludwig und sagte dann: „Ludwig, Herr Ziehrer, ist derzeit im Krankenhaus."

„Was ist geschehen?" Susanne war übel. Sie hatte hier nichts verloren. Es war ohnedies alles aus. Johann wusste nun über sie und Ludwig Bescheid, er würde sie nicht mehr wollen.

Johann fuhr weiter fort: „Ich hatte ein ungutes Gefühl. Er kam mir verloren vor. Und in hohem Ausmaß desorientiert. Da er keinen meiner Anrufe beantwortet und er mich versetzt hat, bin ich hierher. Und hab ihn gefunden. Zunächst hat er mich nicht erkannt. Dann verlor er das Bewusstsein. Er ist im Krankenhaus. Ich hole gerade ein paar Sachen für ihn. Die er möglicherweise nicht mehr brauchen wird."

„So schlimm steht es?"

Susanne registrierte den Inhalt des Gesprächs der beiden kaum. Details zu Ludwigs Gesundheit, den derzeitigen Aufenthaltsort. Sie wollte so wenig wie nur möglich mit ihrem Ex-Mann zu tun haben.

„Ich muss zurück", sagte Kurt Novak. Sie verabschiedeten sich. Susanne blieb mit Johann in der Wohnung zurück.

„Lass uns gehen", sagte Johann.

Er folgte Susanne, sie traten hinaus ins Freie. Ein schwacher Wind hatte für etwas Abkühlung gesorgt. Und dann tat Johann etwas, womit Susanne nie gerechnet hätte. Er reichte ihr die Hand. Sie legte die ihre hinein. Diese Hand war warm und fest. Vermittelte Geborgenheit und Schutz. Susanne erwiderte den Druck. Ein leises Lächeln umspielte dabei ihre Mundwinkel. Sie würden es schaffen. So wie Ludwig es auf seine Weise auch geschafft hatte. Er hatte seine Welt, eine bessere Welt betreten, in der er mit Daniel zusammen sein konnte und glücklich war. Sie verstand ihren Ex-Mann, wenn er diese seine Welt nie wieder verlassen wollte.

NACHWORT

Ein schmales, etwa neunzig Meter langes Gässchen trennt mein Elternhaus von der Donau. Bei Hochwasser schwappt deshalb kein einziger Tropfen über die Schwelle unseres Hauses. In meiner Kindheit und Jugendzeit, bis etwa 1981, bevor ich in die Stadt übersiedelte, verließen die grauen Fluten meist im Frühjahr regelmäßig ihr für sie vorgesehenes Bett und sorgten, je nach Intensität und Pegelstand, im Ort für den Ausnahmezustand.

Bis heute schwimmt ein innen hohles, flaches Ungetüm aus Eisen im Fluss. Mittels dicken Stahlseilen ist der Ponton am Ufer der linken Donauseite befestigt. Die Mutigen unter uns durchtauchten diese Schiffsanlegestelle der Länge nach, etwas, das ich niemals wagte. Außerdem machten an dieser Stelle die rumänischen oder bulgarischen Schlepper fest, tiefliegend, voll mit Handelsware, wie etwa Kohle. In den Kajüten, so stelle ich es mir vor, lagerten Unmengen an Krimsekt, Kaviar und Zigaretten, alles wohlfeil erhältlich. Im Ort kannten manche die Matrosen und pflegte intensive Geschäftsbeziehungen meist in Form von Tauschhandel.

Mein kleiner Bruder und ich beherrschten selbstverständlich die für die Kommunikation wichtigsten Worte: „Harascho“, „Dawai Dawai“ und „Ruki werch“. Die Matrosen freuten sich und lachten, woraufhin wir winkten und sie uns zurückwinkten. Meine Großmutter hatte uns angewiesen, sie derart zu grüßen. Grüßen gehörte ohnedies zu unseren Hauptbeschäftigungen. Zu einer unserer sommerlichen Vergnügungen zählte ein Ausflug mit den Personenschiffen der DDSG. Bei der „Schönbrunn“ handelte es sich um einen Raddampfer, was uns besonders beeindruckte. Als Draufgabe durften wir den heißen, nach Motoröl stinkenden Maschinenraum anschauen. Begleitet von ohrenbetäubendem Lärm tasteten wir uns die steil abfallenden Stiegen hinunter. Der Boden vibrierte. Wir verstanden unsere eigenen Worte nicht. Es gefiel uns sagenhaft gut! Im Anschluss galt es, das Gesehene zu besprechen. Am besten ging das in der Konditorei in Grein oder in Dürnstein bei einem Cremeringerl oder einem Stück Esterhazytorte. Danach ging es mit der Donauuferbahn heim.

Diese Abenteuer sind über fünfzig Jahre her.

Das brennende Interesse für Schiffe ist mir geblieben, die Menschen aus dieser Zeit meist nicht: Wo immer es geht, suche ich den Hafen eines Ortes auf oder vielleicht ist es richtiger zu sagen, dass ich die Reiseziele nach den Häfen aussuche. Ein paar davon seien genannt: Die Rickmer Rickmers und Cap San Diego samt dreistöckigem Maschinenraum in Hamburg, die Schiffe im Museumshafen in Lübeck (nur etwa 60 km entfernt, in Wismar, legt Draculas Schiff im Hafen an), die gewagt montierte Cutty Sark mit dem messingverbrämten Kiel in Greenwich oder eine Hafenrundfahrt in Antwerpen – absolute Highlights für die Liebhaberin.

Hätte ich diese Leidenschaft für Schiffe aller Art nicht - wer weiß. Vielleicht wäre mir das Modell eines alten Segelschiffs in der Auslage eines Antiquitätengeschäfts in Wien niemals aufgefallen. Aus dem Dreimaster wurde die HMS Aurora in "Hinter dem Horizont".

Die Erinnerungen an die Erlebnisse mit meiner Großmutter und meinem Bruder, an meinen Vater, die anderen Großeltern, meine zahlreichen Onkel, Tanten sind nach wie vor wach, auch wenn sie alle längst in anderen Gefilden weilen. Von ihnen handelt das Memoir, an dem ich schreibe.

BIOGRAFIE

Gabriele Friedl studierte Theater-, Film- und Medienwissenschaften, Kultur- und Sozialanthropologie und Soziologie. 2016 erschien der Kurzkrimi „Mord in Währing!“ in der
Anthologie „Tatort Grätzl“.
Mit ihrer Familie lebt sie in Wien.
Nähere Informationen zur Autorin finden Sie unter
https://www.gabrielefriedl.at